능소화꽃이 피면

시작시인선 0534 **능소화꽃이 피면**

1판 1쇄 펴낸날 2025년 6월 5일
지은이 김명수
펴낸이 이재무
기획위원 김춘식, 유성호, 이형권, 임지연, 차성환, 홍용희
책임편집 이호석, 박현승
편집디자인 김지웅, 장수경
펴낸곳 (주)천년의시작
등록번호 제301-2012-033호
등록일자 2006년 1월 10일
주소 (03132) 서울시 종로구 삼일대로32길 36 운현신화타워 502호
전화 02-723-8668
팩스 02-723-8630
블로그 blog.naver.com/poemsijak
이메일 poemsijak@hanmail.net

©김명수, 2025, printed in Seoul, Korea

ISBN 978-89-6021-810-9 04810
      978-89-6021-069-1 04810(세트)

값 11,000원

능소화꽃이 피면

김명수

천년의 시작

시집을 내면서

나이 들면서 어머니 손맛이 그립다
시 속의 이야기 속에
어머니 손맛을 그려 본다
나의 시들은
그렇게 어머니의 냄새가 배어 있다

추억의 레시피들을 모아 음식을 만들 듯
내 삶의 파편 속에 숨어 있는 것들을
시로 만들어 보려 했다
삶의 순간순간들이 모두 소중하고 아름답기에
그들이 시가 되어 내게로 왔다

부족하지만 격려해 주신 나 시인님과
바쁘신 중에도 평설을 써 주신 김 교수님
그리고 출판사 측에 감사를 드린다.

2025년 푸른 오월에
김명수

차 례

시인의 말

제4부 풍금 소리

해 설

제1부 봄비 내리다

고혹蠱惑

노오란 산수유 꽃잎 위에
편지를 쓴다
제일 먼저 봄을 찾은 첫 손님
겨우내 움츠렸던 몽우리에서
햇살 한 줌 가져다
등불을 켠다
봄의 왕국이다
눈부시다
꽃잎과 꽃잎 속에 숨어 있는 바람
꽃잎과 꽃술이 봄빛에 취해 있다
아마도 사랑에 빠져있는가 봐
이 고운 봄날
어쩌려고

손맛

참죽나무 순筍 속에
어머니 손맛이 들어 있다
해마다 봄이면 참죽나무 순 부침개
어머니 손끝에서 노릇노릇 익는다

묽은 밀가루 반죽 속에서
한 바퀴 헤엄치고 나와
불판 위에 잠시 누워
이리저리 뒤집고 나면
세상에 둘도 없는 조선판 피자라

햇쑥, 참두릅 참옻 순 그들은
모두 어머니 손끝에서
보물이 되었다
하나 같이 봄의 길목에서
사랑의 손길에 포로가 되다

그러나 어쩌랴
어머니 가시고 없는 이 봄날
유년의 일기장 속에서 만난

참죽나무 순 부침개
기억의 레시피를 불판 위에 눕힌다

밥도둑

해마다 시월이 되면
광천 장날이 그립다
생선 장수 합죽 할머니*가
검정 투가리 단지에 담아 오던
맛있는 젓갈 때문이다

끼니때 반찬이라야 김치에 된장국
여기에 합죽 할머니의 오징어젓
맨밥에 물 말아 한 숟갈 뜨고
그 위에 오징어젓 한 젓갈이면
이보다 더한 것이 어디 있으랴
그야말로 밥도둑이 따로 없다

나이가 들어 요즘엔 입맛이 별로다
대천 가는 길에 들른 광천 젓갈 시장
옛날처럼 사람들은 많지 않지만
오징어젓은 그대로다
오랜만에 한 젓가락 입에 넣어 보고

투명한 병 가득 밥도둑을 샀다
오늘 저녁은 맨밥에 이거 하나면 최고다

* 우리 동네에 광천장에 빠지지 않고 다니면서 생선을 도매로 사다가
  팔던 광주리장사 할머니를 동네 사람들은 합죽 할머니라고 불렀다.

햇살

정동 골목을 빠져나와

할아버지가 끌고 가는

손수레 위의 빈 종이 박스

그 위에 할아버지의 햇살이 모여 있다

날마다 슈퍼마켓 안동네를

한 바퀴 돌고 나면

할아버지는 그냥 배가 부르다

파지 공장으로 가는 고물상에서

6,800원의 알찬 땀방울을

하얀 봉투 속에 담아 오면

할아버지 입가엔 행복한 미소

벌써 5년째 누워 있는

아내의 수발을 들며

늦은 점심을 함께 한다

그래도 방 안에 할멈이 있어 훈훈하다

할멈 오늘은 벌이가 쏠쏠햐

입가에 미소를 띤

할머니 손끝이 꼬무락댄다

오늘도 손수레 위엔
파지가 가득 실려 있고
골목을 빠져나오는
할아버지의 어깨 위에
햇살이 나비처럼 내려앉는다

무명 배우의 독백

나는 무명 배우다
오십 년을 연기했지만
주연 한 번 못하고
단역의 끝에서 서성였다
시청자들은 주연 배우만 바라보고
식모나 이웃집 아낙은 악세사리다

나는 늘 무명 배우다
어느덧 흰머리가 앞을 가리고
젊은이들 앞에서 짐 덩어리
제작자들 앞에선 임시 출연진
연출자들 앞에선 항상 대기조다

나는 무명 배우다
어쩌다 오십 년을 버텨 왔는데
행운의 시간을 맞았다
어느 날 드라마 속의 진짜 주연이 죽었고
유능한 후보 하나는 치매 증세라고 한다
덕분에 나에게 기회가 왔고
요즈음엔 난리도 아니다

그렇지만 나는 오래오래 무명 배우 할란다
날마다 TV에서 바쁘고
목소리도 아주 커졌다
주연에 광고에 연극에

이 사람 저 사람 인생 안고 가는
영원한 무명 배우 할란다

고백

꽃집에 들렸다
내가 하고 싶은 말들이
장미 꽃잎 위에 앉아 있었다
꽃보다 내 말이 예뻐 보인다
아니 꽃집 여자가 더 예쁘다
나는 꽃을 사러 왔는데
자꾸 꽃집 여자 얼굴만 보고 있었다
그러자 꽃잎 위에서 말하는 소리가 들렸다

**'아이구 이것아 정신 차려
분수를 알아야지'**

순간 그냥 얼굴이 붉어 왔다
이 이 이거어 주세요
카드를 꺼내고
꽃을 한 아름 받아 들고
도망치듯 나왔다
한참을 오는데
뒤에서 무슨 소리가 들렸다
손님 이거어

저만치 꽃집 여자가
내 카드를 들고 웃고 있었다
손을 흔들며……

수석

남한강에서 그를 만났다
참 많은 시간 강바닥을 헤집어
겨우 찾은 얼굴이다

돌은 뾰족한 놈을 밟아야
위까지 전달되어 소화가 잘된다

함께 했던 전봉건 선생님 말씀이시다
평생 곁에 둘 좋은 놈을 발견했으니
위장병도 고치고 일거양득이다
위장병 민간요법이 돌 속에 숨어 있었다

그는 물속에 가로누워
하늘을 보고 낮잠을 즐기고 있었다
강물의 모래톱에서 건져 올린 대물大物이다
수천수만 년 동안 갈고 닦은 몸(身)이
너무 아름답다
때마침 내린 햇살에 눈이 부시다
두 손으로 안고 쓰다듬고 체온을 느낀다
심장의 고동 소리까지 들리는 듯하다

얼마를 안고 있었을까
그가 누웠던 영겁의 세월 속에
누군가에게 주었을 그 아름다움, 기쁨, 설레임
하지만 나는 그 모든 것을 가져올 수 없었다
그냥 돌아오는 발걸음이 가벼웠다

공원 의자

유산소 운동이 좋다 해서
공원을 한 바퀴 걷고 또 걷는다
하얀 조팝나무 꽃들이 손을 흔들고 있는데
누군가를 기다리는 빈 의자 하나
사진 한 장 찍었다
어제도 그제도 오늘도 그 자리에서
의자는 한결같이 기다리고 있다

이 의자는 누구에게는 쉼터이고
누구에게는 기다림이다
또 누구에게는 이별의 장소다
오늘도 의자에는 햇살이 가득한데
누군가 놓고 간 바람이 한 줌
낮잠을 자는가 보다

참 아름다운 추억이 그려진다
그런데 왜일까
측은지심이 일어나는 이유는
공원을 몇 바퀴째 걸으면서
자꾸 그 의자로 눈이 간다

언제 왔는지 가만이 걸터앉아
살며시 햇살을 만져 보는 할머니
공원을 가로지르는 바람에
할머니의 하얀 머리카락이 흩날린다

외갓집

일곱 남매의 맏딸로 태어난 어머니
너무 예뻐 손 탄다고
외할아버진 대문을 걸어 잠궜다
안마당 가득한 햇살
뒷동산 솔바람 소리가 친구였다

마루 끝에 알을 낳는 암탉의 둥지
장독대 옆의 작은 꽃밭, 채송화 봉숭아
엄마의 놀이터였다
아직도 앞마당엔 외할머니 곰국 냄새
외할아버지 헛기침 소리가 들린다
알알이 벌어진 밤송이들, 빨간 홍시가 낯익다

세월이 흐르고, 지금은
외할아버지 외할머니 산소가 뒷동산을 지킨다
외갓집 뒤로 고압선 철탑이 생겼다
인근엔 고속도로 인터체인지가
입구엔 마을 회관이 들어서고
주인도 바뀌었다
세월이 만든 새로운 지도이다

사진첩 속에 추억이 보인다
오랜만에 찾은 외갓집 산소엔
유년의 바람 소리가 맴돌고 있었다

죽순밭에서

봄비가 내린 후 대숲에 갔다
대숲에 바람이 불면
악기 소리가 난다
잎과 잎이 부딪는 소리
바람이 대숲을 빠져나가는 소리
죽순들이 쑥쑥 올라오는 소리

죽순들이 작은 산봉우리 같다
그들은 음악을 듣고 자라나 보다
비가 온 뒤라서 인지
이곳저곳 서로 경쟁하듯이 오른다
새 생명에 대한 경외로움이다

깊은 땅속에 꼭꼭 숨어 있더니
어찌 저런 힘이 솟을까
수만분의 일로 압축된 마디마디가
한 편의 그림이다

어느 날 문득 솟아오르는
잠재된 힘이 자랑스럽다

지구를 들어 올릴 기세다
불끈 솟아오르는 것이
사내를 닮은 것 같다

밧줄

천년 은행나무가 숨 쉬는 영국사를 지나
천태산 정상을 향했다
짙은 초록의 향기가 온몸을 감싼다
가파른 바위에 걸친
밧줄에 매달린 몸이 떨린다
겁도 없이 젊은이 뒤를 따랐다
팔뚝이 저리고 다리가 후둘거렸다

법당에서 목탁 소리가 따라 오른다
나무관세음보살이다
등줄기로 흐르는 땀의 감촉
산을 타는 쾌감을 느끼게 한다

바위에 앉아 바람을 마신다
이곳에 오면
파란 하늘을 손끝에서 만난다
정상에 오르도록 길잡이가 되어 준 밧줄
수많은 사람들의 체온이 남아 있다
내 인생의 밧줄은 무엇이었을까
어디서 누가 내려준 것일까
손때 묻은 밧줄을 살며시 안아 본다

어느 봄날

산을 오르다 보면
돌 틈을 타고 내리는 물소리
새순 움트는 소리, 새들의 노래
바람 소리가 모여 오케스트라를 이룬다
나는 비탈길을 휘돌아
상큼한 바람을 안고 간다
나뭇가지 끝 몽우리에는
붉은 봄빛이 솟아나고

등줄기에 흐르는 땀방울이
조금만 더 오르라고 신호를 보낸다
비탈길 바위틈에서 만난
잔설 속의 노오란 복수초.
새 신부의 얼굴을 닮았다

어떻게 모진 겨울 숲을 건넜을까
어쩌면 저리도 고운 옷을 입었을까
물오르는 나뭇가지들 사이
아직도 바람이 찬데
바위 곁에 온 햇살이
온몸을 감싼다

쑥을 뜯으며

호숫가에 봄빛을 담은
파아란 쑥이 소복이 올라온다
바람도 햇살도 순도가 높아
청정 지역이라고 한다
부부끼리 친구끼리 동네 할머니도
봄 향기 가득한 어린 쑥을
햇살과 함께 바구니에 가득 담는다

추운 겨울을 용케 견디고
비탈진 양지쪽에 소복히 모여 있다
바람결에 전해지는 산뜻함
마음을 맑게 한다
누군가의 사연이 쑥 향기로 솟았을까
봄이 주는 행복한 선물이다

오늘 저녁은 검정 투가리 속 된장국이
쑥 향기로 가득할 거다
쑥개떡, 쑥 부침개도
바구니에 채워지는 봄날의 향기

나도 쑥차 한잔하려고
여린 잎을 되쳐 햇살에 말린다

덕숭산

수덕사 대웅전을 둘러보고
계곡을 건너 선수암을 한 바퀴 돌고
여승들이 모여 기도한다는 견성암을 거쳐
덕숭산 산정을 향해 걸었다

부처님께 합장하고
부모님과 애들을 위해 기도했다
덕숭산을 한 바퀴 휘 돌아온 바람이
부처님 무릎에 앉아 잠시 쉬고 있다

소쩍새 울음소리가 들린다
왜 우는지 누굴 부르는 건지
소쩍소쩍 사연이 있다는데
이는 모두 인간사와 마찬가지
왜 저리 슬피 우는 것일까

목덜미에 흐르는 땀을 닦아내며
마지막 능선을 오른다
정상에 가면 푸른 하늘이 가깝고
흰 구름도 만질 수 있겠지

솔잎에서 오는 향기로움이
바람을 안고 품 안으로 들어 온다
어느덧 정상이다
먼저 온 억새 무리가 반가운 듯
하얗게 손을 흔들고 있었다

남당리에서

남당리 횟집 김 씨는 자수성가했다
어쩌다 동료들과 회 한 접시 먹으러 가면
마른 대패밥 위에 푸짐한 모둠회 한 접시
싱싱하고 먹음직스럽다
집 앞 바다에서 활기차게 뛰노는
광어 도다리 잡어를 모두 잡아 온 것인가

광어회를 뜨던 김 씨가 말한다
돈 번다고 애들한테 큰 죄 짓고 삽니다
놀이공원, 맛집 여행 함께 해 준 게 없어요
입학식 졸업식도 못 갔어요
먹고 사느라 애들이 그냥 큰 겁니다

오늘도 그게 마음이 걸린다고 한다
처음 남의 집 허드렛일 시작했지요
빚에 쫓기고 셋방살이 전전긍긍했는데
이 바다를 만나 먹고 살게는 되었지요
때로는 파도 소리가 위로해 주고
손님들 덕담이 힘이 되어 주고
바다에 사는 애들이 살려 준 거죠

소주 한 병 회 한 접시 먹는 사이
바다를 바라보며 담배를 피던 김 씨가 말한다
저도 소주 한잔할랍니다
손님들과 한 무리가 되어 취하는 사이
어느새 밀물이 횟집 마당 앞까지 차 온다
바다에 누워 있던 짠바람과 함께

상 위에는 빈 소주병이 파도와 놀고 있다
횟집 주인이 우리보다 먼저 취한 채
구석진 소파에서 코 고는 소리
파도 소리가 자장가인가 보다
나도 파도 소리를 들으며 잠시 눈을 감았다

풀꽃 아침

아침 햇살이 풀꽃 위에 앉는다
밤새 찾아온 이슬방울 속에
더욱 눈이 부시다

아기는 실눈을 뜨고
풀꽃을 향해 손을 흔든다
산을 넘어온 바람 속에
풀꽃들의 향기가 묻어 있다

아주 작은 꽃잎들이 모여
아침마다 예쁘게 인사한다
풀꽃들의 가슴이 심쿵한다
그들도 사랑하나 보다

꽃잎마다 송글송글 맺힌 이슬방울
깨질까 봐 사라질까 봐
마음 졸이고 본다
아픈 사람들, 힘든 사람들, 슬픈 사람들을 위해
풀꽃들은 가슴을 활짝 연다

물결

호수 위에서 만났다
잘름이며 다가오는 물의 무늬
살아 움직이는 물의 살
쉬지 않고 작은 너울을 만들며
반대편 끝까지 쉬지 않고 간다
누구의 힘일까, 누가 시킨 것일까

아름답기도 하고 신기하기도 한
작은 물결들 물의 속살들
따스한 햇살을 만나 더욱 반짝이고
아주 작은 바람에도 신나는 춤을 추는
너는 호수의 행복한 물결
신비한 물의 속살

오늘 아침 물안개에 살짝 덮인 호수 위에
낯익은 물결이 여울을 반복하며 다가왔다
나는 물끄러미 그의 손을 잡고
호수 위를 가만가만 걷는 꿈을 꾼다

자작나무 숲

자작나무 숲을 걸었다
나뭇가지 끝에 나뭇잎의 펄럭임 사이
파란 하늘이 신비롭다
자작나무의 희고 검은 무늬 속에
세월이 만들어 낸 그림이 보인다

자작나무 숲속에 서 있으면
동화 속의 나라에 있는 듯하다
나뭇잎들이 부대며 흔들리는 소리
나뭇가지 사이 숨어 노래하는 새들
싱그러움이 가득한 숲의 비밀을 찾으며
나는 오랫동안 서서 취해 있었다

수많은 기둥이 하늘을 떠받치고 있는
자작나무 숲길은 동화의 나라
여기선 나무와 나무끼리 포옹을 하고
나무와 바람의 행복한 동거도 본다
숲속을 파고든 여리고 결 고운 햇살
자작나무 숲속에 깊이 빠져있는
자작나무 숲을 사랑하는 사람들까지

자작나무 숲에서만 볼 수 있는 풍경들이다
자작나무 숲은 향기로운 감옥이다
자작나무 숲에서는 이별도 아름답다
자작나무 숲에서는 깊은 상처도 아문다

옛길

반야사*에서 상주로 가는 숲길에서
폐허가 된 절터를 만났다
흔적이라곤 기왓장 몇 개
땅속에 반쯤 묻힌 주춧돌들
흐르는 물속에 햇살이 반짝인다

솔숲을 빠져나온 바람이
대웅전 추녀 끝의 풍경을 울린다
스님의 염불 소리가 바람과 함께 쓰러져 있다
산길을 걷던 나의 발걸음이 멈춘다
한때는 오고 가는 사람들도 많았을 텐데
솔숲에 누워 있는 절터엔
부처님의 말씀이 허공에 떠 있다

오늘은 흐르는 냇물에 마음을 씻는다
산속을 울리던 범종 소리가
스님의 영혼을 울리는 듯하다
산 정상을 휘감고 도는 흰 구름도

잠시 발걸음을 멈추고
폐허된 절터를 맴돌고 있는
노스님의 독경 소리를 듣는다

나무관세음보살

＊ 반야사: 충청북도 영동군 황간면 우매리 지장산에 있는 절.

풀꽃에게

너는 알까
내가 왜 온종일 서성이는지
오늘도 네 곁에서 서성거리고 있는 이유를
네가 커서 꽃을 피우고
꽃이 질 때까지
희고 작은 꽃잎이 다섯 갈래로 갈라진
네 아름다운 몸매가
수줍은 듯 움츠리고
햇살을 듬뿍 받고 미소를 짓는
꽃잎 위에 눌러앉은 바람

살갑게 흔들리는걸
어느새 시든 꽃잎의
우울한 일상이 나를 닮았다는걸
네가 외롭게 홀로 서 있는 걸
내가 가슴 아파하는걸

아직도 바람이 내 곁을
떠나지 못하고 있다는 걸

제2부 능소화꽃이 피면

능소화꽃이 피면

누가 그토록 보고 싶어
여기까지 왔을까
무슨 말을 하고 싶어
수줍게 고개 숙이고 있을까

마음속 깊은 곳에 숨겨둔
마음 하나 주려고
꽃잎 위에 앉은 고운 햇살
살며시 쥐여주려고

바람은 꽃잎을 흔들고
내 마음은 바람을 흔드네
누가 알까 부끄러워
남몰래 담장을 타고 넘는데

언제부터 그 자리
나를 기다리고 있었더냐
그냥 얼굴만 붉어지네

감사합니다 고맙습니다

아무것도 해 주는 것이 없는데
늘 이것저것 챙겨 주신다

이것저것 할 게 많은데
열일 마다 않고 항상 도와주신다

내가 미처 생각도 못 했는데
그냥 한 아름 안겨 주신다

그도 당장 배가 고플 텐데
언제나 나를 먼저 생각해 주신다

생각해 봐도 한참 모자란 데
그냥 보듬어 안고 가신다

해마다 그날을 기억하면서
따듯한 밥 한 끼 정성으로 챙겨 주신다

멀리서 가까이서 건강하고 무사하라고
늘 기도하고 아껴 주신다

고맙습니다

감사합니다

그리고 미안합니다

빨래터

동네 아낙들이 모여 수다꽃을 피운다
앞 논에 개구리들 뒷산에 쑥국새
앞집 신랑이 바람이 났대
뒷집 순이가 서울로 갔대
순덕 엄마는 이마에 송송
땀방울이 맺히도록 빨래판을 두드린다
신랑이 미운 것 하나 더해서
시어머니 잔소리 함께 모아
빨래판에 올려놓고 화풀이를 한다
아침나절 집집마다 이고 온 빨랫감
흐르는 냇물에 헹구고
돌판 위에 펑펑 두드리다 보면
우리 동네 아낙들
스트레스 운동은 그만
냇물 속에 흘려보내는
남편과 시어머니 잔소리
숨죽이고 살았던 며느리들 찌든 마음이
모처럼 하얗게 펴지는 날이다

새

연둣빛 나뭇잎들이
파란 하늘을 보고 손을 흔든다
나무와 나무 사이 바람이 숨어 있다
해안을 휘감아 도는 물여울이
바람과 만나 파도가 된다
파도는 바위벽에서 한바탕 소용돌이치고
바위벽을 치고 하늘로 솟아 흐른다

하늘을 나는 새는
더 높이 날고 싶어 한다
오늘은 차령산맥을 가로지르는 바람 속에서
엄마의 품을 찾아 나섰다
무한한 공간을 비상한다
투명한 하늘을 마음껏 난다

자유로운 영혼이 되고 싶다
나도 언제쯤 새의 날개를 달 수 있을까

그리운 바다

끝없이 펼쳐진 수평선 넘어
내가 그리는 세계를 꿈꾼다
날마다 창가에서 기웃대는 갈매기들
밤새 조업을 끝내고 들어오는
안강망 어선의 고동 소리
만선의 기쁨과 풍요로움이
해풍을 가득 싣고 모였다

바다에 오면 보인다
그리움과 슬픔의 빛깔
바다 깊숙이 가라앉은 솔숲의 향기
파도에 싣고 왔을 수도 있고
출렁이는 물결 위에 춤을 춘다

아침 창문 넘어 들어온 상큼한 바람
바다를 그리워하는 것은
나만의 짝사랑일까
바다의 몸짓 파도 소리 바다의 빛깔

오늘은 일박이일로 운전대를 잡았다

시

어둠 속에서 불빛을 기다릴 때가 있다
아무것도 보이지 않고
아무것도 생각이 나지 않는다

산을 오르면서 낙엽을 밟는다
풀꽃들도 만나고
나뭇가지 끝에 붙어 살랑이는
나뭇잎의 애교도 본다
깊이 들어갈수록
나뭇가지 사이로 보이는 하늘이 신비롭다
이곳저곳에서 들리는 새소리
계곡의 물소리 숲속에 숨은 향기 바람 소리
모두 합쳐지면 하나의 시가 된다

시는 내 일상의 한가운데에 누워 있다
수줍게 때로는 거만하게
기쁘게 슬프게 외롭게 아프게
갖가지 형태로 다가와서 한바탕 흔들고 간다
그럴 때마다 나는 산을 오른다
산을 오르다가 새로운 친구들을 만난다
그 속에 시의 향기가 묻어 나온다

디딤돌

친구들하고 오랜만에 천렵을 왔다
냇가에서 텐트를 치고
준비해 온 삼발이를 걸고
삼겹살을 구웠다
지형이 삐딱하여 작은 돌 하나
받침대를 대신했다
등을 내준 작은 돌이 고맙다

조간신문에 병든 노모를 돌보는
아이의 기사를 보았다
초등학교 4학년 덕이는
엄마 간호를 하며 학교를 다닌다
이런 때 누가 작은 디딤돌이 된다면
삐딱한 삼발이를 돕는 그 돌처럼

잠시 상하좌우를 둘러보면서
여기저기 디딤돌을 놓고 싶다
말 못 하는 곳도 있고
말해도 못 하는 곳도 있다
오늘은 모처럼 디딤돌이 되고 싶어

돕고 싶은 아이 오래된 은행 계좌를 찾았다

나 시인의 세발자전거[*]

풀꽃문학관 입구에 예쁜 세발자전거
나태주 시인이 타고 다니는 무공해 자가용
금학동 오래된 아파트에서부터 풀꽃문학관까지
풀꽃문학관에서 산성공원, 금강 변 새 이학 식당까지
새 이학 식당에서 제민천을 끼고 초승달 커피숍까지
때로는 루치아네 홍차 집에서 동네 화랑까지

세발자전거는 나태주 시인이고
나태주 시인은 세발자전거이다
너도나도 흔한 자가용 시대에
낡은 세발자전거 타고 다니는 풀꽃 시인
은빛 바큇살에 햇살을 끼우고
때로는 풀꽃문학관 풀꽃들을 안고
금강으로 제민천 길 따라 금학동까지
추억과 친구하며
세발자전거에 풀꽃 시를 싣고 달린다
오늘도 풀꽃문학관 앞에 세발자전거
여름날엔 중절모자 쓰고 베적삼 입고

봄 가을이면 손이 바빠도 달린다
지금도 공주公州를 뒤에 싣고
금강 변을 달리고 있는
나태주 시인의 세 발 없는 세발자전거
세발자전거가 제민천 둑방을 달릴 때마다
공주의 풀꽃들이 손을 흔든다
세발자전거는 나태주 시인의 풀꽃 나라 자가용이다

* 풀꽃문학관 앞의 헌 자전거는 실제로는 앞뒤로 바퀴가 두 개다. 여
기서 세발자전거라 한 것은 나태주 시인의 페달을 밟는 두 다리를
하나로 묶어 세 발이 바퀴를 서로 돌리며 달리기에 세발자전거라고
했다. 요즈음은 꾀가 나셨는지 다리에 힘이 빠지셨는지 세발자전거
타는 횟수가 차츰 줄어들고 있다. 세발자전거 바퀴에 햇살을 끼고
달릴 때마다 공주의 풀꽃들이 손을 흔들며 함께 달린다

도전

물살이 맑고 고운 곳에서
피라미들이 유영을 한다
물길 따라 오르다가
작은 폭포를 만났다
뛰어오를 때마다
은빛 비늘이 햇살에 반짝인다
한 번 두 번 세 번 쉬지 않고
뛰어오르기를 반복한다

가냘프나 날쌘돌이 같다
힘이 없지만 용기가 가상하다
그러나 포기가 없다
저 용기를 배우자
누가 가르쳐주지도 않았는데
피라미는 오늘도 뛰어오른다
좌절하지 않고
물러서지 않고
그러다 잠시 수초 속으로 들어가
숨 고르기를 하고
다시 몸을 흔들고 뛰쳐나오는 가상함

새로운 환경에 끝없이 도전하는 용기에
박수를 보낸다

멸치와 고추장

혼밥할 때
가장 좋은 친구들을 만난다
이쁘게 잘 마른 놈 하나
붉은 고추장 살짝 찍어 입에 넣으면
고소함 짭짤함 달콤함 매콤함이 함께
입안에서 소용돌이친다

찬밥에 물 말아 먹으면서
굵고 잘생긴 멸치 하나에 고추장 듬뿍 찍어
함께 입을 통해 씹고 목을 넘기면
그 또한 일품이다

유년 시절 추억 때문에
혼밥할 때면 지금도 마른 멸치에 고추장이다
멸치 속에 숨은 연한 뼈대와 마른 내장이
함께 밥상 위에서 파도 소리를 낸다

밥숟갈을 한 수저 더할 때마다
멸치도 한 마리 두 마리 늘어 간다
내 뱃속으로 들어간 멸치 떼가

파도를 타고 바닷속을 달린다
난류와 한류가 만나는 곳쯤해서
한바탕 일을 치르고 산란을 꿈꾼다

유년의 추억이 아름다워서일까
찬밥에 물 말아 밥을 먹을 때마다
고추장을 만난 멸치가
내 뱃속을 마음껏 휘젓고 다닌다
오늘도 파도를 타고 돌다가 산란을 하려나 보다
혼밥할 때마다 멸치 떼가 올라온다

안개

언제나 불확실한 미래가
늘 앞을 서성인다
한 치 앞을 내다볼 수 없는
나의 미래가 궁금했다
비껴가는 일들이
나를 조롱하는 듯하고
나는 암호를 풀 듯 조심스럽게
한 발짝 또 한 발짝 걷는다

안개가 걷히기까지
해가 뜨는지 구름에 가려져 있을지
그걸 알 수가 없었다
갈대숲에서 오랫동안 기다렸다
바람의 세기에 따라
갈대들이 부딪는 소리가
음악처럼 들린다
안개가 걷히면 떠나야지
갈 길이 보이지 않지만
오늘도 믿음으로 길을 나선다

목련

모두가 너의 봄날을 축복한다
어쩌면 그리 희고 고우니?
얼마나 큰 사랑을 받는 거니
네가 활짝 피면 온다는 그 사람은
지금은 어디쯤에 계실까
봄날을 황홀하게 만드는
아름답고 우아한 그 모습
바람이 사알짝 흔들면
꽃잎에 앉은 햇살이 눈부시다
볼수록 순결한 너의 눈빛
처음으로 꼬옥 안아 본다

철쭉꽃이 피면

해마다 초록빛 옷을 입고
희고 붉은 꽃으로 내게 온다
고운 눈빛
부드러운 살결
아름다운 모습으로

햇살이 붉은 꽃잎 위에
살며시 내려 눈이 부시다
바람이 꽃잎을 흔들면
잠시 춤을 추는 듯 살랑거리다가
한동안 가쁜 숨을 몰아쉰다

화무십일홍이라더니
벌써 꽃잎이 지고 있다
이렇게 지고 나면
그 고운 애들은 어디 갔을까
마음으로 너를 붙잡고
너를 안고
추억 속에 함께 있으리
네가 힘겨워 떠났다 해도
오래도록 기억할게

백목련

하얀 목련이 흐드러지게 핀 교정엔
학생들이 삼삼오오
목련꽃 그늘 아래 봄을 그린다

나는 약속이라도 한 듯
하얀 꽃잎에 나를 묶어 놓고
향기에 취해 하염없이 기다린다
목련을 사랑하는 그 사람을

바람이 불 때마다
목련은 그 하얀 꽃잎을
한 잎 두 잎 우아하게 펼치면
햇살이 어느새 꽃잎 위에 눕는다
숨이 멎도록 눈이 부시다

바람이 불면
목련은 한 잎 두 잎 날리듯 춤을 추고
님의 발소리인지
꽃잎의 무게인지
사랑의 언어로 고백한다

낙엽을 위하여

이쯤 해서 가장 낮은 곳으로
내려가야겠다
산 능선을 넘어온 바람을 타고

봄부터 윤기 있는 계절을 지나
가장 아름다웠던 순간
내 삶의 전부를 불태웠기에
나는 이제 내려가려 한다

이제 이 세상에서
더 이상 신세 질 일은 없을 터
눈부신 봄날의 환희
짙은 초록의 계절을 지나
물이 빠지고 살이 빠진
초라한 낙엽이지만

내 인생에 녹아 있는
춘하추동과 희로애락
나는 두 개의 회전축을 돌리며
세상의 가장 낮은 곳으로

새로운 길을 떠난다

길을 가다

새벽부터 동해안 길을 걸었다
파도가 박자를 맞추고
바람이 등을 떠민다
하늘이 너무 파래서 눕고 싶다
외딴 바위 위에 낚시꾼이 부럽다
무얼 위해 고독한 행군일까
저 기다림의 끝에서
무엇을 건져 올릴까

한 줄의 땀방울이
등줄기를 타고 내린다
스키를 타는 듯하다
그 땀방울의 끝은 어디일가

얼마를 걸었을가
허벅지에 가릿대가 선다
한 줄의 시는 보이지 않고
아프다는 신호만 온다
느릿느릿 쫓아 오는 낮달이 고맙다
오늘은 여기쯤에서

낡은 책갈피에
저 푸른 하늘을 접어 넣는다

삼척을 지나며

함께 근무했던 Y 선생은
어려서 일찍 아버지를 잃었다고 했다
탄광 깊숙이 막장에서 그만
천정이 무너지면서 매몰된 것이다

아직도 돌아오지 않는다는 아버지
아버지를 기다리는 그 소녀의 눈빛은
아직도 슬프고 아리다, 그 이후 소녀는
풀꽃하고 바람하고 꺼먼 석탄 덩어리하고
어린 시절 내내 친구하고 지냈다

미술 시간이 되면
머리에 헬멧 불빛을 밝히고
객차에 몸을 싣고
막장으로 가면서 손 흔들던 아빠를 그렸다
푸른 하늘이나 한 조각 들고 가시지
저 고운 햇살이나 한 줌 안고 가시지
얼마나 추울까
얼마나 무서울까
가족이 무어라고 날마다 지하로, 지하로 가고

새까만 얼굴 했어도
씨익 웃는 하얀 이가 너무 이뻤어

소녀의 추억은 아버지의 붉은 근육
갱이 무너지던 날의
아버지의 그 닫힌 함성
지금도 그 갱의 어느 지점에서
씨익 웃고 있을까
능선을 돌다 구름에 싸여 내려온
아버지의 미소를 만났다

경원암

수덕사 대웅전에서 부처님을 뵙고
덕숭산 산정을 향해 가는 길
잠시 경원암에 들렸다
비구니들만 있어
멀리 바라만 보는데
비구니들은 한 줄로 서서
산으로 가고 있었다
처서가 지났는데
다리 힘도 기르고
산 정상 그 바람을 만나려나 보다
방 안에 틀어박혀
속세와 인연을 끊었는데
그래도 바람과 햇살은 우리 것
가을 입구에서 만난
수덕사의 바람과 햇살은
마냥 상큼하기만 하다
지금 그 바람이
비구니들의 목덜미를 한 바퀴 돈다
속세를 떠났는지 시험하는 걸까
아니, 가을이 왔다는 인사다

모란

누님이 심어 놓은 모란꽃

해마다 오월이면 살며시 안부를 묻는다

예뻐서 너무나 예뻐서 손탄다고

열아홉에 중매로 시집 보낸 우리 누나

모란 꽃잎 위에 앉은 누님의 향기

바람이 불면 창문 밖에 와 문안드리고

비가 오면 동구 밖에 서성이다가

눈이 오면 강 건너 불빛 밑에 모이고

누님의 인사는 해마다 멀어지는데

오늘은 오시려나 기다려지는 모란 향기

세월이 지나도 모란은 여전히 피고

해가 바뀌어도 모란 향은 그대로인 것을

이제는 나이 들어 모란꽃은 어디에

아니야 세월이 흘러도 모란은 그대로

누님은 소식 없는데

모란 향은 동구 밖에서 누님을 기다리네

민들레

바다를 보러 왔다
내가 좋아하는 바위 위에 앉아
멍한 시간을 가졌다
바람이 신나게 지나가면
햇살을 마음껏 안아 주고

길에서 예쁜 민들레꽃을 만났다
어느 것은 벼랑 끝 바위틈에서
물끄러미 나를 올려다보고 있었다
노랑 저고리 그 색시를 닮았다
어디서부터 왔을가
가늘고 고운 꽃잎들
머릿결을 곱게 빗은 것처럼
가지런히 모여 햇살을 받는다
결코 쉽지 않은 곳까지
어찌 이렇게 곱게 정착했을까

신의 도움을 받았지요
잠시 함께 있어 줄래요?
나는 한참을 쪼그리고 앉았다

이번엔 민들레 포자를 들고

후 하고 불었다

제3부 백자항아리

쑥개떡

민들레꽃 사이로
어머니 얼굴이 보였다
삼베 보자기 속에 싸 오신
진초록 쑥개떡 한 접시
오늘은 예산의 김창배 시인 사모가
봄빛을 가득 안고 왔다

햇쑥이 너무 곱고 예뻐서
쑥개떡을 만들었다고 한다
시골 인심이 무딘 심장을 뛰게 한다
쑥개떡 쑥버무리 쑥 인절미
조선 토종이 몰고 오는 고향 냄새
무쇠솥 속에서
한바탕 씨름하고 나온 쑥개떡엔
사람 사는 냄새가 있다

가을 해바라기

고흐의 해바라기가
새집을 환하게 비춰 준다
누구든 오서요
환영합니다

호수 주변 유휴지에서
해바라기 군락을 만났다
햇살은 해바라기 꽃잎 위에 누워
지나는 사람들에게 손을 흔든다

관광객들이 모여든 식당에도
해바라기 그림이 걸려 있다
고흐의 심장이 그 속에서 뛰는 것 같다
창가에는 한 무리 개미 떼가
해바라기 그림을 향하여 질주한다
배달된 음식 위에 가을 햇살이 머문다

오늘은 해바라기들이 모인 곳에서 놀았다
어렸을 때 키 큰 해바라기가 부러웠다
담장 밖에서 쌀 씻는 순이를

언제나 볼 수 있었다
이 가을날 나도 해바라기가 된다

보길도 가다

육지로부터 멀어져 가며
내 살 곳이 궁금해졌다
의관을 벗어 버리니
한없이 홀가분한데
마음은 왜 이리
선창 밑으로 가라앉는지

뱃노래도 짓고
파도 소리도 읊고
사랑하는 사람들도 그려 보지만
저 하늘을 나는 구름은
지금 내 마음을 알까

바닷물로 먹을 갈고
나뭇잎을 화선지로 삼아
바다를 노래하는 시 한 수 지을까
어부들과 마음을 나눌
어부들의 노래 한 수 만들어 볼까
바람과 파도, 햇살을 모두 모아
내 친구하며 시 한 줄 읊을 거다

단풍길

바람 소리가
붉은빛을 안고 산을 넘는다
나도 언제쯤 넘을 수 있을까
수백 수천 년 전부터 자유로웠던
저 붉은 깃발 붉은 단풍
산을 온통 붉게 물들이고
축배의 노래를 부르는 단풍나무들
이 곡의 클라이맥스는 어디쯤일까
계곡을 타고 오르는 물안개가
붉은 깃발을 덮는다

안개가 걷히고 한낮이 되면
단풍나무잎 위에 가로누운 햇살
바람이 눈물을 씻고
가을 산을 오른다
나는 잠시 황홀했던 순간을 기억하고
함께했던 그들이 떠나면
햇살 위에 내 몸을 맡긴다

붉은 단풍잎

가을이 되면 춤을 춘다
한동안 나뭇가지 위에서 추더니
오늘은 춤을 추며 떨어지는구나
바람은 이때다 하고
단풍나무잎을 올렸다 내렸다 반복하고
계절이 오고 바람이 고개를 넘으면
햇살이 고즈넉하게 와서 눕는다
그들이 오그라진 몸을 어쩌지 못할 즈음
낮달은 별들을 끌어 내리고
쓸쓸함까지 불러오면
사각사각 낙엽 밟는 소리가 들린다

늦가을 앙상한 나뭇가지 끝에서
바람이 우는 소리를 듣는다
떨어진 나뭇잎 위에 누운 햇살에게
가을 편지도 전해주고
인생 상담도 할까보다

깊어지는 계절의 끝은
인생길과 너무나 닮았구나

오늘은 말해야겠다
붉은 단풍잎
너의 찬란한 최후를 위해
온 산을 똑같이 물들여야겠다고

장날

삽교천을 한 바퀴 휘돌아 가면
하늘에 떠가는 구름이 손짓을 한다
여기요 여기 서당진 곡창지대
농부들의 함성이 새 떼처럼 하늘을 날고
초가을 풍년드는 소리가 벼 이삭을 타고 내린다

끝없이 펼쳐진 농부들의 보물창고
합덕장 광천장, 삽교장 날이면
장돌뱅이 한바탕 게춤 추는 날
쇠전 포목전 어물전 대장간 한 바퀴 돌고
막걸리 한 잔 파전 한 장, 국밥 한 그릇
모두가 어우러져 허기진 배 속을 채운다

쇠전을 한 바퀴 돌아 소 울음을 뒤로 하고

여기저기 파장 떨이 소리치는 소리
장돌뱅이 손끝에 매달린 절인 갈치 한 마리
해지는 저녁 노을에 춤을 춘다

합덕 방죽, 예당호 물길이 평야를 가로지르면

마른갈이 물갈이 논틀밭틀 기름지게 흐르는 예당평야
백제시대 고려 이조를 거쳐 오늘에 이른 곳
농부의 등걸에, 이마에 흐르는 햇빛과 땀방울
그것은 거룩한 농부들의 땀의 결실

독작獨酌

햇살이 꽃잎 위에
내려앉으면
막걸리에 봄빛을 섞어
술 한잔한다

사랑한다, 그립다
고맙다, 반갑다
그리고 많이 기다렸다
답례품 같은 언어들이
술잔 위에 물결처럼 여울져 온다

봄을 기다렸다
인내심을 가지고
새로운 출발을 예고하며
술잔 위에 꽃잎 하나 띄운다

바람이 심술을 부린다
잠시 꽃잎이 흔들린다
그래도 햇살은 술잔 위에서
사랑의 온도를 올린다

봄날에만 볼 수 있는
햇살과 바람의
사랑싸움이다

귀뚜라미

마른 풀숲에서 우는 소리가 들린다
계절을 보내는 아쉬움 때문일까
밤새워 노래하는 줄 알았는데
벌써부터 소리가 멎었다

귀뚜라미의 시간은 어디까지일까
한여름을 사는지
또 다음 시간을 살 수 있는지
언제까지 노래를 선물할 수 있는지
오늘은 아무 소리도 들리지 않는다

어제까지의 노래는 무엇이었을까
귀뚜라미의 아픔이었을까
귀뚜라미는 들었을까
내가 부르던 노래들을
나는 가을 내내 들어 주었는데
아직도 내가 읊은 서툰 음악들은
나는 오늘도 그를 찾아 헤맨다
그가 울던 마른 풀숲을

초혼

진달래꽃 한 아름 안고 떠난 후
봄비 소리 속에 총 총 총 걸어간 후
그 이름 가슴에 담고 부르고 또 부른다
아름다움이여, 아름다웠던 인생이여

목젖이 가물가물 가렵다
기침이 나올 듯 말 듯 숨이 막힌다
그대를 생각할수록 그리움에 젖고
허공을 휘젓는 내 손이 떨린다
어딘가에 그런 곳에 어쩌면 닿을 듯해서

미안했어 고맙고 그리고 사랑했어
좋은 말만 골라 봉투에 가득 담고
하루엔 봉지 하나씩 뜯어 선물 할 거야
예순을 막 넘은 나이 지금은 청춘이라는데
꽃나무가 꽃을 피우기 시작한다
어떻게 나의 현재를 예측했을까
진심이 통하는 아름다운 세계
영혼이 여기 와 꽃이 되었구나

꽃그늘

봄에 꼭 가 보고 싶은 곳이 있다

꽃이 활짝 핀 나무 그늘 아래 서 있으면

그 향기와 꽃잎 지는 모습과

그 속에 서 있는 내 모습이

참 멋있다고 꿈을 꾸기 때문이다

내가 사는 곳에 누가 꽃을 주랴

꽃이 사는 곳에

내가 갈 것이다

그래서 나는 오늘도 꽃나무를 심는다

그 꽃나무 그늘 아래 서고 싶어서

오래오래 향기롭고 싶어서

누군가 꽃나무 그늘로 올 것 같아서

선홍빛 물드는 그 봄날

꽃 몽우리가 활짝 펴지는 날

오지 않을 그대를 기다리며

반드시 올 것이라는 기대로

거문고 줄 위에 꽃잎을 띄워 보낸다

꽃잎에 현을 타고 춤을 춘다

그러다 꽃그늘 아래로 임을 안내한다

물안개

초겨울 아침나절 대청호에 가면 만난다

춥기는 추운데 온기가 살아 있는 아침

물 위에 모락모락 피어오르는 물꽃을 보면

신비스러운 꿈속에 와 있는 듯하다

바람 한 점 없는 겨울 아침

대청호 수면으로 피어오르는 눈꽃

장관을 이룬다

바다에서 저걸 보면 해무라고 하던데

이 호수에선 뭐라 할까

솟아오르는 물꽃을 안아보고 싶다

소리 없이 스며들 테니

이 겨울 더 따뜻하게 해서

사랑하는 사람 가슴속으로 가겠다

벚꽃 그늘

벚나무 그늘 아래 서 있으면
나도 벚나무가 된다
벚꽃 향기가 온 누리에 번지고
벚꽃 날리는 모습이
꽃눈이 내리는 것 같아
나도 벚꽃처럼 날고 싶다

나는 오늘 벚나무를 심는다
벚나무 그늘아래
오래오래 향기롭고 싶어서
그대가 벚나무 그늘로 올 것 같아서
선홍빛 물드는 그 봄날
꽃봉오리가 활짝 펴지는 날
그대가 찾아올 것 같아

손

삽교천에서 실뱀장어 잡아 일본에 판다는 김 씨
오늘은 아침부터 막걸리에 취해
삽교천 둑길만 왔다리 갔다리* 한다

아, 전에는 이 실뱀장어 잡는 사람 몇 안 되더니
돈 좀 된다고 요즘은 많아졌어**
그러니께 승질나서 술만 먹어유? 나참

부인 박씨가 돼지 구정물을 한 바가지 안고 나오며 투덜
댄다
하긴 돈 생긴다니까 너도나도 쪽배 하나 만들어 타고
나이롱 통발을 삽교천 바닥에 넣는다
실뱀장어는 일본 가서 잘 살까,

왜 우리나라는 이거 못 키우나?
아니 우리 엄니아부진 왜 키울 생각도 않고 일본으로 수
출한다

촘촘히 뜬 나이론 그물 속에 실뱀장어가 드는 날은 기분
이 하늘을 난다.

1킬로그램이 몇만 원이다
엊그제까지 모내기 한 손이 다 불었는데 이젠 나이론 실
로
실뱀장어 그물 만드느라 엄지 검지 손끝이 말이 아니다
참 이게 다 먹구 살려고 그러는 겨

밀물이 들어오는 시간이 반갑다
머지않아 썰물이 될 테니까
농사짓는 일이라야 이거 빼고 저거 빼고 공출하고
그러다 보면 또 보릿고개 오고
김 씨는 오늘도 달력을 보고 조금 사리 때맞춰
통발 걷으러 간다
틀림없이 가득 찼을 거여
어젯밤 꿈이 좋았거든

김 씨 손에는 언제 찾았는지
새 통발 새 구럭, 자루가 신나게 흔들거리고 있다

* 당진 삽교천 유역에서 습관적으로 왔다 갔다를 반복하는 것을 보고
지역 주민들이 왔다리 갔다리 한다라고 말했다.
** 많다의 당진 서산 지역 사투리.

백자항아리

시골집 마루 끝에 뒤주가 있고
그 옆에 아주 오래된 백자 항아리 하나 있다
무슨 사연이 있는지, 어머닌 날마다 그 항아리를
닦고 또 닦는다

항아리를 살며시 반쯤 돌리면
홍매화 가지 하나 그 위에 멧새 한 마리
일 년 내내 그 붉은 옷 고운 자태
봄비 내리는 날은 더욱 싱그럽고

어머니가 처음으로 배가 볼록해진 어느 날
저 안에 든 애와 네 뱃속이 똑같다
꽃 중의 꽃 잘 위해 주리 우리 집안 장손이다
어머닌 그날 하루 종일 홍매화를 닦았다고 했다

참 오랜만에 나도 백자 항아리를 닦았다
뽀얀 먼지가 세월을 이고 있었다
홍매화 꽃술에도 뽀얗게 눈이 내렸다
세월 이기는 장사 없다 어머니 목소리가 울린다

바다에 눈

바다에 눈이 내리면
바다에서 눈사람을 만들자
바다에서 눈싸움을 하자
바다에 그림 같은 집을 짓자
바다에 눈이 내리면

바다에 눈이 내리면
바다에서 시 낭송회를 열자
바다에서 음악회를 열자
바다에서 운동회를 하자
바다에 눈이 내리면

바다에 눈이 내리면
바다에서 미끄럼을 타 보자
바다에서 발자국을 남기며 걸어 보자
바다에서 달리는 기차를 타 보자
저 바다에 눈이 내린다면

씨름선수 허 씨

한때 시골 장날 씨름판을 찾아다녔다
상주 진주 전주 무주 공주 나주
굳이 주자만 쫓아다닌 이유가 있다
상주에서 황소 타고 주(州)자가 좋아졌다
주(州)자 달린 도시 모래판에 마음이 갔다

샅바를 잡고 상대를 허공으로 뒤집으면
세상 지구가 한눈에 보인다
배지기로 넘길라치면
가슴에 솟구치는 희열이 하늘로 솟는다
뒷다리 걸어 밀어붙치면 세상 모두 내 것 같다

부모가 물려 준 몸 하나 너무 고마운기라
초하루 보름 정한수 떠 놓고 기도하시는 어머니
맨 먼저 천하장사 소식 들려주려 맨발로 뛴다
고맙습니다 감사합니다 너무너무 사랑합니다
오늘은 넙죽 절하고 또 하고 또 하고를 반복했다

씨름 선수 허 씨가 아버지 어머니 묘소를 찾는다
손에는 소주 한 병, 다른 손에는 마른 북어 한 마리

시든 풀잎 위에 종이컵, 소주 한 잔, 또 한 잔
세 번씩 들이는 반주 속에 햇살이 눕는다

갈대숲에서 놀다

만나고 싶은 바람이 있다
여기에서만 들을 수 있는
사랑의 언어가 있다
조용히 속삭이고
넌지시 다가오고
다정하게 끌어안는
그러면서 흔들리는 몸짓
흔들릴 때마다 사각거리는
발걸음 소리

오래전 들었던 기억이 새롭다
한 참 젊은 목소리였다
바람도 신선했다
갈대밭에 쏟아지던 햇살이 고왔다
그날따라 눈이 부셨다,
살풀이춤을 추듯 갈대들이
흐느끼고 있었다
달빛이 조명이 되어 함께 흔들리고
그림자가 따라오고 있었다
나는 서서 그들에게 말했다

너희들이 사랑을 아니?

제4부 풍금 소리

물꽃 연가

초겨울 대청호에서 만났다
호수 위에 모락모락 피어오르는
물의 여신
신비스러운 꿈의 세계 같다

바람이 늦잠 자는 시각
새벽잠을 깨우는 여신들의 반란
호수 위에서 벌이는
한바탕 여신들의 춤사위

살며시 안아보고 싶다
파트너가 되어
나도 한바탕 춰 볼까
가슴이 벌렁거리고
아침부터 숨이 막힌다

나는 어느새 파트너가 되어
호수 위에 몸을 맡긴다

두릅나무를 심으며

이른 봄 두릅나무 그 몸속에 숨었던
그 여린 속살의 힘을 보았다
혹한의 겨울을 이겨 내고 솟아오르는
여린 그 새순이
어찌 그렇게 단단한 벽을 뚫었을까

오늘도 잔가시를 동반한 그 속살을
억센 두 손톱으로 따내며
미안하고 또 미안하다
인간의 욕심으로 하여
말 못 하는 나무의 속살이 무너진다
미안하다고 하며 묘목을 심는 나의 이중성

두릅나무 주변 다른 친구들은
이제 겨우 기지개를 켜는데
참 부지런한 탓인지
성미가 급한 탓인지
잔가시들을 동반하고 세상 구경 나온다
기다렸다는 듯 길목에 선 나는
선뜻 여린 새순을 똑 따다가 그만

저 먼 하늘을 바라본다

왠지 그냥 내 손이 부끄럽다
나는 염치 불고하고
다시 묘목을 들고
삽질을 한다

열나흘 달

보름에 하루가 모자라는 달
외로운 숲에서는 더 외로워 보인다
꼭 나만 볼 것 같은 느낌에
오늘은 내가 모두 차지할까 보다
달빛이니까
달님이니까
오늘 하루쯤은 괜찮을 거야

창문을 열고 방 안으로 모셨다
밖에서 떨고 온 탓일까
방 안에 들어온 달님이 잠을 청한다
금방 나갈 것 같다
창문을 닫을까 보다

갑자기 바보가 된 기분이다
뻔한 결과를 알면서
억지 부리는 것들이
방안에 달빛이 꼼짝을 못 한다
대견하다
언제부터였을까

달빛이 자리를 펴고 눕는다

새

세상을 마음껏 날고 싶은 날을 위하여
새는 오늘도 엄마 품속에서 기도한다

어떤 시련과 어려움 속에도
헤치고 나아갈 힘을 주소서
날아가는 길 곳곳에 숨어 있는
가시와 그물의 공포를 벗어나도록
용기와 의지와 힘을 주소서

그리하여 비로소
푸른 하늘이 내 세상이 되었다고 느낄 때
이 세상 모든 것들과 함께할지니
꿈과 희망을 버리지 않도록
참고 견디는 힘까지 안겨 주소서

그날이 되면
함께 웃고
함께 즐기고
함께 달리고
함께 일하는

보람의 일터가 융성하도록 하소서

고독 나무

나무에 고독을 심으면
고요가 된다
고요에 꽃을 심으면
외로움이 된다
외로움에 사랑을 심으면
따스한 바람이 된다

모두 보이지 않는 것들이
마음을 울리고 웃기고
들었다 놓았다 정신이 없다
그래도 난 그들을
꼭 안아주고 싶다

그들은 모두 나의 것이고
그들은 모두 나의 친구들이고
그들은 모두 나의 식구들이다

오늘도 그들이 왔다
한꺼번에 몰려왔다
정신없이 혼이 나가는 듯했지만

그들이 왔다 갔기에
지금은 평정을 되찾고
따스한 햇살과 함께한다

강아지풀

둑길에서 강아지풀을 만났다
강아지풀에는 강아지가 보이지 않았다

늦은 봄날 웃자란 강아지풀에서
유년의 추억이 보였다
바람에 살랑살랑 흔들리는 것이
강아지 꼬리를 닮았다
식물과 동물의 닮은꼴이다

이웃집 할머니가
아이구 내 새끼 아이구 내 강아지
새끼라 했다가 강아지라 했다가
분명 그렇게 불렀는데
할머니는 세 살 된 첫 손주를
그렇게 어우르고 있었다
내 새끼가 첫 손주이고
첫 손주가 강아지였다

오늘 둑길에서 만난 강아지풀
바람에 살랑살랑 꼬리를 흔들며

나를 유년으로 업고 왔다
할머니의 그 손주가 보였다

나이 들어 봄날

몸이 노곤한 탓이었을까
잠을 깨고 보니
해는 벌써 중천에 떠 있었다
목련향이 몸을 일으켜 세운다
툭 터질 것 같은 몽우리 몇 개를 땄다
봉오리일 때 차 맛이 좋다고 해서

꽃그늘이 향기로운 언덕에서
그를 기다린다
약속도 없지만 왠지 올 것만 같아
다시 이 길을 지날 것 같아
꼼짝도 하지 않고 길목을 지키고 있다

바람이 먼저 와 안부를 묻는다
햇살은 여전히 꽃잎 위에서 졸고 있고
기억이 가물가물하다
올 거야 약속했으니까
나이 들어 기다린다는 것은 마치
안개 속을 걸어가는 것 같다
아직 봄날이 며칠 더 남았다

대천 어항

섬으로 가는 막배가 떠난 뒤
무작정 바다만 바라보고 있었다
바다 갈매기가 분주하게 오고 가는데
나는 그들에게 줄 게 없었다

우럭, 생굴, 조개류 덤으로 얻어
비닐봉지 가득 이층 횟집으로 왔다
조금 전까지 펄떡이던 도다리, 광어가
싱싱한 살점이 되어 일렬로 누워 있다
바닷바람이 곁에 와 함께 눕는다

소주 한 잔과 싱싱한 도다리가
입안에서 궁합이 맞는다
사람들 수다가 싫다는 듯
파도 소리가 입을 막는다
파도 위에 어부들의 함성이 들린다
돌아갈 때를 알리는가 보다

풍금 소리*

풀꽃문학관에서 동요를 불렀다

나태주 시인의 십팔 번 어버이 은혜

그리고 '풀 냄새 피어나는'과 '풀꽃'

나 시인의 반주 솜씨가 노래를 부추긴다

발통을 교대로 누르는 힘 때문일까

뒷산에 숨었던 바람이 들어와 거든다

주변 가득한 풀꽃들이 따라 부른다

내 서툰 노래 솜씨를 돕는다

우린 오랜만에 동심으로 돌아갔다

적어도 초임 발령 때 교실 속으로

아이들 얼굴이 스쳐 지나가고

젊은 시절 목소리가

교실 천장을 뚫는다

거기까지였다

잠시 꿈을 꾸었다

풀꽃문학관을 지키는 그 풍금이

우리들을 유혹한 거다

오랜만에 사오십 년을 뒤로 달렸다

풍금 소리와 함께 달렸다

문학관 풀꽃들이 열심히 따라왔다

* 나태주 시인님이 풍금을 울리고 나는 노래를 부르고 우린 잠시 그
  시절 그 노래 속으로 여행했다. 동심, 그것은 참 맑고 아름다운 세
  계다.

병실에서

밤새 아내의 등 뒤에서 꼬옥 안고 있었다
눕는 것도 힘들고 앉아 있는 것도 힘들다 한다
몸을 비스듬히 눕힌 채 나는 병실 벽에 몸을 기대고
꼬옥 안고 밤을 새웠다

조금은 편하다고 하다가도
다시 힘들어 눕는다
그것도 잠시 다시 일으켜 세우고 앉고
십 분이 멀다 하고 밤을 새워 되풀이한다

그래도 그 시간이 가장 행복했다
그 어느 때보다 함께 할 수 있어서
그동안 잘못한 것을 조금은 씻는 것 같아서
눈꺼풀이 감겨도
옆으로 쓰러질 것 같아도
참고 견디며 되풀이했다

먼동이 터 온다
아내는 어느새 곤히 잠들고
나도 벽에 기대어 잠이 든다

몇 날이나 그랬을까
일주일 남짓 아내는 그렇게 내 품에 안겼다
힘들었지만 가장 행복한 동행이었다

동행

달빛 밝은 밤이면 꿈을 꾼다
그와 함께 걷는
학교에서 집으로 가는 둑길
살며시 허리를 잡고 손을 잡고 어깨를 감싸고
그렇게 걷고 이야기를 나누던 길
토끼풀, 강아지풀, 억새풀이 하늘거리는
참 아름다운 추억의 둑길

어젯밤엔 꿈속에서 그 길을 걸었다
오랜만에 만나 함께
무슨 할 이야기가 많은지
끝없이 말을 했는데
꿈을 깨 보니 생각이 안 난다

이야기들이 하늘로 날아가는가 보다
꿈과 현실의 차이가 기억이다
치매 초기 증상인가
아니야, 내년 이맘때 매화꽃이 피면
다시 생각날지도 몰라
그가 좋아하는 꽃이 필 것이니

틀림없이 찾아올 거야

이번 꿈엔 꼭 녹음해 놓을 거다
이번 꿈엔 꼭 노트에 적어 놓을 거다
달 밝은 밤이여 오라
내가 다시 꿈을 꿀 수 있도록
열심히 기도하고 꿈속으로 간다

다시 진달래꽃

진달래꽃이 피는 봄이 오면
당신의 눈물이 보입니다
좋아하는 봄이 왔는데
어디로 가셨을까요

4월의 그 푸릇한 봄날
진달래꽃이 흐드러지게 피는데
당신의 자취는 찾을 수 없어
마냥 슬프고 아프기만 압니다
바람이라면 지나는 길에 들리세요
햇살이라면 오신 김에 잠깐 머물러 주세요
구름이라면 잠시 바라봐 주세요

정작 당신은 지금
어느 곳 어느 별에 계실까요
오늘도 그리움의 독백을 되뇌입니다
이젠 점점 눈이 흐려져
귀가 어두워져
그 모든 것들이 멀어져 갑니다
그러나 이 봄만은 잠시라도

행복한 순간이길 기도합니다

치자꽃

오늘따라 당신의 향기가
뜰 안에 가득하다
돌아서 오는 길에
치자꽃 화분 하나 샀다
치자꽃을 좋아한다는 걸 알기에

오늘 밤은 활짝 피려나
마음껏 향기를 보내려나 보다
서풍이 분다면 금상첨화일 건데
돌아오는 길에 손부채 하나 사서
마음껏 부채질해 볼까

지금쯤 그곳에도
치자꽃이 활짝 피었겠지요

모과

햇살이 모과를 맛사지해 주고 있다
열여섯 살결로 돌아가
풋풋한 향기를 내 뿜고
싱그러움 속에서 하루가 정겹다

가을 어느 날
노오란 살결 향긋함이 함께
거실로 왔다
외출에서 돌아오면
제일 먼저 반가운 인사
향긋함이 코끝을 스친다

있는 자산을 마음껏 내주는
그 넉넉함 속에서
그는 언제나 초연하다
못났다
못생겼다
세상 사는 게 그게 전부 아니라고

모과는 가을이면
우리에게 향기를 주며 말한다

이팝나무에게

이팝나무꽃이 피는 오월이 오면
면사포를 쓴 새 신부를 만나는 것 같다
어쩌면 그렇게 희고 고우니
볼 때마다 눈물 나게 아름답구나

해마다 오월이 되면
언제나 희고 고운 모습으로
내 곁에 오는 하얀 이팝나무꽃
오늘따라 햇살은 너의 가슴에서
유난히 빛나는구나

나는 네 곁을 지난 때마다
아름다운 꿈을 꾼다
어려운 사람들에게
힘든 사람들에게
상처받은 사람들에게
희고 고운 네 꽃잎을
마음의 술잔 위에 채우자

하얀 이팝나무 꽃그늘 아래

고단한 하루를 보낸 많은 사람이 모여
다 함께 오월의 하늘을 노래하자
이팝나무 꽃그늘 아래
서로 용서하고 보듬어 주는
사랑하고 또 사랑하는 사람들이 되자

나무의 독백

내가 나무를 사랑함은
스스로 삭막한 겨울을 이겨 내고
스스로 꽃을 피울 수 있기 때문이다
영하 십 도 이십 도 삼십 도의 추위에도
뿌리를 내리고 용케 견뎌내다가
봄이 되면 소리 없이 파아란 싹을 틔우는
너의 의지가 항상 자랑스럽다

네가 잎이 마르고 가지가 앙상한데도
깊은 뿌리가 있어
네 생명의 의지는 착하게 뻗어 가고
매서운 겨울바람이 사정없이 두들겨도
결코 기죽거나 주저하지 않았지
이제 너의 가지에 분홍빛 눈망울이 트고
하얗게 빨갛게 꽃이 피는 계절이 오면
불꽃 같은 사랑이 함께 하고
나는 그 속에 취해
황홀한 기쁨 속에 있을 것이다

이제 너의 깊은 곳에 있는

뿌리로 시작된 삶의 원천이
내 가슴에 전달되고
푸르름이 더욱 성숙해지는 6월이 오면
나도 어느 산비탈 푸른 나무가 되어
성숙 된 가을, 삭막한 겨울을 잘 버티고
다시 맞는 봄날에
희고 붉은 꽃을 피울 것이다

쓸쓸한 사랑

숲길에서 만났다
비탈길에 누운 구절초 하나
한 마디 크면서
산새의 노래를 듣고
또 한 마디 클 때
바람이 입맞춤해 주고
아홉 마디 모두 클 때
햇살이 고루 사랑해 주었다

오늘은 부인병이 좋다 하여
너를 한 가방 담았다
한약방 할아버지가 좋아할 거야
너의 풋풋함을 안고
산을 내려오며
오늘은 너를 만난 것이
마냥 행복하구나
치유의 산길이다

아프다

나뭇잎이 다 떨어진
나뭇가지 위에
바람이 한 줌 자고 있다

햇살은 바람이 깰가 봐
등 뒤에 살포시 눕는다
바람은 따스한 온기로
깊은 잠에 빠진다

오늘은 요양원 창가에
봄바람이 찾아왔다
힐미니기 창문을 열고
바람과 놀자 한다
할머니 머리카락이
환영하듯 흩날리다
기다리던 봄바람이
할머니 품속으로 스며든다

할머니가 말한다
갑자기 집에 가고 싶다

등치기

계족산을 오르다 보면
내가 등치기 하는 나무 하나 있다
비탈길을 따라 힘겹게 오르면
손을 내밀며 악수를 청한다

또 오신겨?
그동안 잘 있었슈?
요즘 건강은 어떻유?

나는 악수 대신 미소를 보내며
슬며시 그에게 등을 내민다
어깨 바로 밑에
목 바로 밑에 등판족으로 정확하게
무릎을 구부렸다 펴면서
등을 턱턱 쳐 준다

어 시원하다, 시원혀
그는 기다렸다는 듯
내 등을 쳐 준다
몇 번을 반복하다가 잠시 쉬고

다시 반복한다
강약을 겸하면서
등이 얼얼하다
전신으로 피가 돌고
체중이 내려가는지
몸이 가벼워지는가 보다

산을 내려오면서 말했다
이런 친구가 있으니 다행이다
산에 와 몸을 풀고 가는데
내 등을 받아 준 그를
다시 한번 안아 주었다

삽교천에서

갯고랑을 막아 둑을 쌓고
간척지를 만들었다
일곱 사람의 농부들이 지게로
흙을 퍼 담아 둑을 쌓았다
정확히 7년이 걸렸다고 했다
그리고 천 평씩을 나눴다
그게 간사지 땅 칠인 답이다

농부들은 내 땅이 고팠다
나도 땅을 갖고 싶었다
지긋지긋한 가난을 벗어나고 싶었다
이 간사지 땅 만들기는 유행처럼 번졌다
밀물과 썰물, 조금과 사리 때가 있어
갯둑은 무너지고 무너지면 또 쌓았다

등이 휘도록 흙을 퍼 날랐다
어깨가 헤지고 다리가 휘었다
그래도 5, 6년의 지게 공사가 끝나면
다시 한번 돼지머리와 막걸리 한 잔
마을은 잔칫날이었다

두 번째 오인 답이 완성되던 날
철이 아버지가 갔다

오늘이 그날이다
노오란 벼 이삭이 마을을 뒤덮는데
철이 아버지는 없었다
첫 번째 햅쌀로 밥을 짓던 날
온 마을 사람들이 눈물을 흘렸다
볼을 타고 내리던 그 눈물이
콧물과 함께 입으로 들어갔다
짭자르만 한 느낌과 함께
그래도 상위에선 행복한 미소를 보았다

상수리나무 아래

빨간 우체통이 있는 입구에
상수리나무 하나 있다
가을이면 우둑 우두둑 떨어지는
상수리들이 소복한다

플라스틱 빈 바구니에 가득해진다
할머니의 묵 솜씨를 기대하며
한 바구니 툇마루에 올려놓으면
어느새 할머니 손끝이 바쁘다

하루이틀 지나고
밥상 위에 오른 상수리묵
할머니 솜씨가 입맛을 돋군다
올해도 가을이 왔고
상수리나무 상수리들이 떨어지는데

툇마루 밑에 할머니의 하얀 고무신 속엔
가을 햇살이 소곤거리고
안방 방문 위에 할머니 사진 하나
툇마루 끝의 빈 바구니를 채우고 있는
햇살 한 줌, 상수리 몇 알

그리움이 되면

가을이 되면 늘 외롭습니다
모두가 떠나고 있다는 것 때문일까요

가을이 되면 어쩐지 슬픕니다
무언가를 모두 떠나 보기 때문일까요

가을이 되면 늘 고독합니다
무언가를 모두 벗어났다는 해방감 때문일까요

가을이 되면, 가을이 되면
외로움의 끝에서 그리움을 봅니다

낙강 소묘

낙강이 흐르는 상주 골에 가면
초록에 물든 산을 만난다
일렁이는 물결 사이
하늘과 흰 구름이 함께 흐른다

낙강에 가면 모두가 젖어 있다
반짝이는 햇살은 강물에 젖어 있고
초록빛 산도 강물에 젖어 있다

낙강은 강물이 신비롭다
산과 하늘, 구름도 끌어안고
햇살은 낙강 위에서 미끄럼을 탄다
아름다운 것을 모두 낙강 속에 흐른다

바람 혹은 햇살의 시인을 꿈꾸며

김현정(문학평론가 · 세명대 교수)

1. 바람과 햇살을 닮은 시인

김명수(金明洙)는 충남 당진 출신으로 시집 여섯 권을 상자한 원로 시인이다. 1982년에 『현대시학』으로 등단한 그는 첫 시집 『질경이꽃』(1987)을 비롯하여 『어느 농부의 일기』(1994), 『여백』(2009), 『아름다웠다』(2018), 『11월엔 바람소리도 시를 쓴다』(2021), 『바람에 묻다』(2024) 등 총 6권의 시집을 펴냈다. 40여 년의 시력(詩歷)에 비해 다소 과작의 시인이라 할 수 있다. 척박한 곳에서도 잘 자라는, 생명력이 강한 '질경이꽃'(첫 시집 『질경이꽃』)을 노래한 시인은 이후 반듯한 삶, '진솔한 삶'을 위한 시와, 추억과 희망과 따스함이 스며든 시(『어느 농부의 일기』, 『여백』)를, 그리고 지고지순한 사랑의 시(『아름다웠다』)와 자연과 사람이 사는 따뜻한 이야기가 담긴 시를 지속적으로 발표해 왔다. 그는 시를 통해 자연과 인간의 경

계가 무화되고, 이별과 만남, 슬픔과 기쁨, 절망과 희망이 공존하는, 따뜻한 세상을 추구했던 것이다. 고희를 넘긴 나이임에도 불구하고 시인은 지금도 그러한 세상을 꿈꾸며 '좋은 시'를 빚고 있다.

일곱 번째 시집『능소화꽃이 피면』또한 같은 맥락에 놓인다. 이번 시집은 긍정적으로 나아가게 하는 '햇살'과 한 곳에 머무르지 않고 새로운 곳을 향해 떠나게 하는 '바람'의 이미지가 더 많이 담겨 있는 것이 특징이라 할 수 있다. 시어의 빈도수에서도 '햇살'(52회)과 '바람'(71회)이 압도적으로 많은 것을 알 수 있다. 시인은 햇살과 바람을 통해 고향, 가족, 소시민들의 삶과 자연의 모습을 긍정적이고 따뜻한 시선으로 노래한다. 어둡고 그늘진 곳을 햇살과 바람을 통해 밝고 따뜻한 이미지로 바꾸어가고 있는 것이다. 이별과 만남, 슬픔과 기쁨, 어둠과 밝음, 절망과 희망이 공존하는, 세계로 나아가고 있는 것이다. 이렇듯 긍정적이고 따뜻한 시선으로 나아가는데, 시 이면에 배태되어 있는 불교적 상상력도 적잖은 역할을 하고 있다.

김명수 시인의 제7시집『능소화꽃이 피면』이 담고 있는 시의 길을 천천히 걸어가 보기로 한다.

2. 긍정과 부정의 변증법

김명수의 시를 거느리고 있는 것은 이 세상에 존재하는

사물과 자연과 인간을 따뜻한 시선으로 보는 긍정적인 태
도이다. 이는 긍정을 위한 긍정이 아니라 부정 속의 긍정,
긍정 속의 부정이 내포된, 긍정과 부정의 변증법적 관계를
통해 나온 '긍정'이다. 따라서 그의 긍정은 매사를 긍정적으
로 보는 이들의 긍정과 차별된다. 부정과 불의에 눈감지 않
고, 상처와 결핍을 지닌 이들을 따뜻하게 보듬으며, 집착보
다는 무소유적 삶을 추구하는 삶 속에 내재된 긍정성인 것
이다. 이는 "있는 자산을 마음껏 내 주는"(「모과」), 모과 같
은 삶 속에서, 사소하고 하찮은 것에 감사하는 마음을 통
해 가능하다.

　아무것도 해 주는 것이 없는데
　늘 이것저것 챙겨 주신다

　이것저것 할 게 많은데
　일일 바다 잃고 힝상 도외주신다

　내가 미쳐 생각도 못 했는데
　그냥 한 아름 안겨 주신다

　그도 당장 배가 고플 텐데
　언제나 나를 먼저 생각해 주신다

　생각해 봐도 한참 모자란 데

그냥 보듬어 안고 가신다

해마다 그날을 기억하면서
따듯한 밥 한 끼 정성으로 챙겨 주신다

멀리서 가까이서 건강하고 무사하라고
늘 기도하고 아껴 주신다

고맙습니다
감사합니다
그리고 미안합니다

— 「감사합니다 고맙습니다」 전문

남이 베풀어 준 호의나 도움 따위에 대하여 마음이 흐뭇하고 즐거운 의미를 뜻하는 '감사합니다', '고맙습니다'를 병기하여 고마운 마음을 배가하고 있는 시이다. 해 준 것이 없는데도 챙겨주고, 바쁜데도 화자의 일을 도와주고, 생각지도 않은 것도 안겨주고, 화자의 배고픔을 먼저 생각해 주고, 화자의 부족함도 보듬어주고, 생일도 챙겨주며, 화자의 건강과 안녕을 빌어주는 것에 대해 고마워하고 있다. 화자가 해 준 것에 대한 보답이 아니라 진심으로 화자에게 극진한 배려를 하고 있다. 이러한 사랑을 받은 시인은 다른 사람들에게, 모든 사물과 자연에 대해 고마운 마음을 갖게 된다. 사소하고 하찮은, 사람들의 눈에 잘 띄지 않은 대상에 대해 감사의 마음을 표한다.

1)

바위에 앉아 바람을 마신다

이곳에 오면

파란 하늘을 손끝에서 만난다

정상에 오르도록 길잡이가 되어 준 밧줄

수많은 사람들의 체온이 남아 있다

내 인생의 밧줄은 무엇이었을까

어디서 누가 내려준 것일까

손때 묻은 밧줄을 살며시 안아 본다

-「밧줄」 부분

2)

어 시원하다, 시원혀

그는 기다렸나는 듯

내 등을 쳐 준다

몇 번을 반복하다가 잠시 쉬고

다시 반복한다

강약을 겸하면서

등이 얼얼하다

전신으로 피가 돌고

체중이 내려가는지

몸이 가벼워지는가 보다

산을 내려오면서 말했다

이런 친구가 있으니 다행이다

산에 와 몸을 풀고 가는데

내 등을 받아 준 그를

다시 한번 안아 주었다

—「등치기」 부분

　위 시들은 천태산에 매어진 '밧줄'과 '나무'에 대해 고마움을 표출하고 있는 작품이다. 1)은 충북 영동에 위치한 영국사를 지나 천태산을 오를 때 도움을 주는 밧줄에 대한 감사의 마음을, 2)는 내 등을 받아주는 나무에 대한 고마움을 드러내고 있다. 험한 천태산의 정상에 오르기 위해서는 밧줄의 도움이 필요하다. 누군가를 배려하기 위해 매어 놓은 밧줄에 대해 시인은 따뜻한 시선으로 목도한다. "정상에 오르도록 길잡이"가 되어주고 있는 밧줄에 보며 이를 잡고 올라갔을 수많은 사람들의 체온을 떠올린다. 그리하여 시인은 "손때 묻은 밧줄"을 살며시 안아보기도 한다. 아울러 "내 인생의 밧줄"에 대해서도 성찰하는 계기를 마련한다. 「등치기」는 내 등을 받아주는 나무에 대한 감사의 마음을 드러내고 있는 시이다. 시인에게 이 나무는 등을 시원하게 해주는 중요한 대상이다. 시인은 등을 기대도, 등치기를 해도 묵묵히 그 자리에서 한결같이 받아주는, 변함없는 나무를 소중하게 생각한다. "이런 친구가 있으니 다행"이라고 하며 그

나무를 아낌없이 안아 준다.

3. 소시민의 애환과 휴머니티

　김명수 시인의 긍정적이고 따뜻한 시선은 소시민들의 애
환을 다루는 장면에서도 어렵지 않게 목도할 수 있다. 그는
지금까지 살아오면서 직·간접적으로 경험한, 소시민들의
고단한 삶을 낙관적 관점으로 바라본다. 폐지를 줍는 할아
버지, 무명배우, 횟집 아저씨, 농부 등 주류에서 밀려난 소
수자의 다양한 삶을 연민의 시선으로, 긍정적으로 그려내
고 있다. 시인은 그들의 고되고 힘겨운 삶을 끌어안는다.

　　정동 골목을 빠져나와

　　할아버지가 끌고 가는

　　손수레 위의 빈 콩이 박스

　　그 위에 할아버지의 햇살이 모여 있다

　　날마다 슈퍼마켓 안동네를

　　한 바퀴 돌고 나면

　　할아버지는 그냥 배가 부르다

　　파지 공장으로 가는 고물상에서

　　6,800원의 알찬 땀방울을

　　하얀 봉투 속에 담아 오면

　　할아버지 입가엔 행복한 미소

벌써 5년째 누워 있는

아내의 수발을 들며

늦은 점심을 함께 한다

그래도 방 안에 할멈이 있어 훈훈하다

할멈 오늘은 벌이가 쏠쏠햐

입가에 미소를 띤

할머니 손끝이 꼬무락댄다

오늘도 손수레 위엔

파지가 가득 실려 있고

골목을 빠져나오는

할아버지의 어깨 위에

햇살이 나비처럼 내려앉는다

-「햇살」 전문

파지를 모아 파는 할아버지의 소박한 행복을 노래하고 있다. 대전역 근처 정동 지역을 대상으로 파지를 열심히 모으는 시적 화자의 모습이 등장한다. 파지를 모아 파는, 연로한 대상들을 다룰 때 측은한 연민의 시선으로 목도하는 경우가 많은데, 시인은 긍정적이고 따뜻한 시선으로 '행복'에 초점을 맞추고 있다. "할멈 오늘은 벌이가 쏠쏠햐"라고 말하는 할아버지의 말에서 어렵지 않게 행복한 모습을 엿볼 수 있다. '품질이나 수준, 정도 따위가 웬만하여 괜찮거나 기대 이상'이라는 의미를 지닌, "쏠쏠햐"라는 시어가 행복의 느낌을 배가해주고 있다. "오늘도 손수레 위엔/ 파지가 가득 실려 있고/ 골목을 빠져나오는/ 할아버지의 어깨 위에/ 햇살이 나비처럼 내려앉는다"라는 구절에서는 '만선(滿船)'의 기쁨과 같은 행복이 느껴지기도 한다. 이처럼 시인은 아내의 병수발을 5년째 해도, 파지를 고물상에 팔고 오느라 늦은 점심을 해도 "방 안에 할멈이 있어 훈훈"함을 느끼는 할아버지의 소박한 행복을 보여주고 있다. 시인은 한 시간의 시급도 안 되는 6,800원을 파지 값으로 받고도 "행복한 미소"를 짓는 할아버지의 모습을 통해 긍정성을 배우고 있는 것이다. 또한 무명 배우의 애환을 표출하기도 한다. "나는 무명 배우다/ 오십 년을 연기했지만/ 주연 한 번 못하고/ 단역의 끝에서 서성였다/ 시청자들은 주연 배우만 바라보고/ 식모나 이웃집 아낙은 악세사리다// 나는 늘 무명 배우다/ 어느덧 흰머리가 앞을 가리고/ 젊은이들 앞에서 짐 덩어리/ 제작자들 앞에선 임시 출연진/ 연출자들 앞에선 항상 대기조다// (……) // 이 사람 저 사람 인생 안고 가는/ 영원한 무명 배우 할란다"(「무명 배우의 독백」)라고 한 데서 이를 엿볼 수 있다. 이 시 또한 무명 배우의 애환을 다루고 있지만, 슬픈 시선으로 목도하지 않는다. 무명 배우의 독백을 통해 인생의 참 의미를 발견한다. 시청자들에게 외면을 받고, 젊은이들에게 '짐 덩어리'이고, 제작자들이나 연출자들에게 '

임시 출연진', '대기조'이지만, 그럼에도 그는 많은 사람의 인생을 안고 가는, 다양한 삶을 영위할 수 있는 "영원한 무명 배우"에 만족한다. 그에게 행운이 찾아와 주연 배우가 되어 "날마다 TV에서 바쁘고/ 목소리도 아주 커졌"고, 광고에 출연하게 되었으면서도 시적 화자는 무명 시절 혼신의 힘을 다해 연기했던, 무명 배우의 시절을 잊지 않고 있다. 시인은 무명 배우의 애환을 통해 시인의 길을 처음으로 걷게 된, 등단 시절의 초심을 떠올리고 있는지도 모른다. 시「남당리에서」에서는 남당리 횟집 김 씨의 애환을 엿볼 수 있다. 김 씨는 횟집을 운영하느라 아이들의 입학식, 졸업식에, 놀이공원, 맛집에 가지 못한 것을 안타깝게 여긴다. "빚에 쫓기고 셋방살이 전전긍긍"하고, 남의 집 허드렛일을 하다 바다를 만나 형편이 좀 나아졌음에도 아이들에 대한 미안한 마음을 감추지 못한다. 그럼에도 시적 화자는 "때로는 파도 소리가 위로해 주고/ 손님들 덕담이 힘이 되어 주고/ 바다에 사는 애들이 살려 준" 것에 대해 감사의 마음을 잊지 않는다. 고단한 삶 속에서도 감사한 마음을 잃지 않는 화자의 긍정성을 발견할 수 있다.

> 샅바를 잡고 상대를 허공으로 뒤집으면
> 세상 지구가 한눈에 보인다
> 배지기로 넘길라치면
> 가슴에 솟구치는 희열이 하늘로 솟는다
> 뒷다리 걸어 밀어부치면 세상 모두 내 것 같다

부모가 물려 준 몸 하나 너무 고마운기라

초하루 보름 정한수 떠 놓고 기도하시는 어머니

맨 먼저 천하장사 소식 들려주려 맨발로 뛴다

고맙습니다 감사합니다 너무너무 사랑합니다

오늘은 넙죽 절하고 또 하고 또 하고를 반복했다

씨름 선수 허 씨가 아버지 어머니 묘소를 찾는다

손에는 소주 한 병, 다른 손에는 마른 북어 한 마리

시든 풀잎 위에 종이컵, 소주 한 잔, 또 한 잔

세 번씩 들이는 반주 속에 햇살이 눕는다

—「씨름선수 허 씨」 부분

위 시는 씨름 선수 허 씨의 애환을 그리고 있는 작품이다. 상주에서 황소를 탄 씨름 선수 허 씨는 진주, 전주, 무주, 공주, 니주 등 '주(州)'자 들어간 도시 모래판에 마음이 끌린다. "부모가 물려 준" 튼튼한 몸에 감사하고, "초하루 보름 정한수 떠 놓고 기도하시는 어머니"를 생각하며, '천하장사'의 꿈을 이루기 위해 부단히 노력한다. 그가 씨름을 좋아하는 데에는 씨름을 통해 남다른 '기쁨'을 맛볼 수 있기 때문이다. "샅바를 잡고 상대를 허공으로 뒤집으면" 세상 지구가 한눈에 보이고, 상대를 배지기로 넘기면 "가슴에 솟구치는 희열"을 느낄 수 있다. 그리고 "뒷다리 걸어 밀"게 되면 세상을 다 얻은 것처럼 행복감에 젖기도 한다. 마지막 연에서 화자는 부모님의 산소를 찾아 북어 한 마리를 놓고 소주를 듬뿍 부어드린다. 천하장사의 꿈을 이루지 못한 화자의 쓸쓸함을 달래듯 '햇살'이 내려앉는다. 화자의 힘겹고 고단한 삶에 희망을 불어넣고 있는 것이다. 이처럼 시인은 '성공'과는 다소 거리가 먼, 비주류적인 삶을 살아가는 소시민들의 고단한 삶을 '햇살'과 '바람'을 통해 따뜻한 시선을 담아 긍정적으로 읽어내고 있는 것이다.

4. 무소유적 삶과 시의 길

시인은 시집 『바람에 묻다』의 「머리글」에서 "늘 좋은 시 한 편이 내게 왔으면 한다/ 그런데 그게 쉽게 되지 않는다"라고 밝힌 바 있다. 시를 쓴 지 40년이 훌쩍 넘었는데도 여전히 그는 '좋은 시'를 쓰고 싶은 욕망을 표출하고 있는 것이다. 이는 좋은 시를 꼭 쓰고자 하는 소망보다도 시의 샘이 마르지 않도록 자신을 끊임없이 갈고 닦고, 성찰하고자 하는 마음을 담아낸 것이라 할 수 있다. 그리하여 그는 새로운 것을 추구하기 위한 도전적인 모습에 박수를 보낸다.

물살이 맑고 고운 곳에서
피라미들이 유영을 한다
물길 따라 오르다가
작은 폭포를 만났다

뛰어오를 때마다

은빛 비늘이 햇살에 반짝인다

한 번 두 번 세 번 쉬지 않고

뛰어오르기를 반복한다

가냘프나 날쌘돌이 같다

힘이 없지만 용기가 가상하다

그러나 포기가 없다

저 용기를 배우자

누가 가르쳐주지도 않았는데

피라미는 오늘도 뛰어오른다

좌절하지 않고

물러서지 않고

그러다 잠시 수초 속으로 들어가

숨 고르기를 하고

다시 몸을 흔들고 뛰쳐나오는 가상함

새로운 환경에 끝없이 도전하는 용기에

박수를 보낸다

– 「도전」 전문

    시인은 피라미가 작은 폭포를 뛰어 오르는 모습을 유심히 관찰한다. "한 번 두 번 세 번 쉬지 않고/ 뛰어오르기를 반복"하는 피라미의 도전의식을 엿보고 있는 것이다. 어떠한 목표를 향해 좌절하지 않고, 포기하지 않는, "새로운 환경에 끝없이 도전하는 용기"에 박수를 보내고 있는 것이다. 작은 폭포를 뛰어오르는 것이 잘 되지 않을 때 "잠시 수초 속으로 들어가/ 숨 고르기를 하고/ 다시 몸을 흔들고 뛰쳐 나오는" 모습을 보며 시인은 그들의 도전의식을 배우게 된 다. 새로운 세계에 도전하는 것이 좋은 시 쓰기의 과정임을 터득한 것이다. 그리고 시「쑥을 뜯으며」는 "추운 겨울을 용 케" 견딘, 비탈진 양지쪽에 소담스럽게 핀 쑥에 대해 노래 하고 있다. 추운 겨울을 이기고 나온 쑥을 보며, 그리고 "바 람결에 전해지는 산뜻함/ 마음을 맑게"하는 쑥 향기에 시인 은 감탄한다. 또한 비탈길 바위틈에서 모진 겨울을 견디고 핀 노오란 복수초를 보며 박수를 보낸다. "봄이 주는 행복 한 선물"로 여기고 있는 것이다. 좋은 시를 쓰기 위한 고투 의 과정으로 보고 있는 것이다.

그리고 시인은 자유로운 영혼을 꿈꾸기도 한다. 시「새」 에서 그는 "하늘을 나는 새는/ 더 높이 날고 싶어 한다/ 오 늘은 차령산맥을 가로지르는 바람 속에서/ 엄마의 품을 찾 아 나섰다/ 무한한 공간을 비상한다/ 투명한 하늘을 마음 껏 난다// 자유로운 영혼이 되고 싶다/ 나도 언제쯤 새의 날 개를 달 수 있을까"라고 노래하고 있다. 새처럼 날아 자유 로운 영혼이 되고 싶은 마음을 담아내고 있다. "바위벽에서 한바탕 소용돌이치고/ 바위벽을 치고 하늘로 솟아 흐"르는 파도처럼 되고 싶고, 자유롭게 나는 새처럼 되고 싶은 강한 욕망을 엿볼 수 있다.

새로운 것을 향해 끊임없이 도전하고, 자유로운 영혼을

꿈꾸던 시인은 자신만이 추구하는 '시'에 대해 노래한다.

어둠 속에서 불빛을 기다릴 때가 있다

아무것도 보이지 않고

아무것도 생각이 나지 않는다

산을 오르면서 낙엽을 밟는다

풀꽃들도 만나고

나뭇가지 끝에 붙어 살랑이는

나뭇잎의 애교도 본다

깊이 들어갈수록

나뭇가지 사이로 보이는 하늘이 신비롭다

이곳저곳에서 들리는 새소리

계곡의 물소리 숲속에 숨은 향기 바람 소리

모두 합쳐지면 하나의 시가 된다

시는 내 일상의 한 가운데에 누워 있다

수줍게 때로는 거만하게

기쁘게 슬프게 외롭게 아프게

갖가지 형태로 다가와서 한바탕 흔들고 간다

그럴 때마다 나는 산을 오른다

산을 오르다가 새로운 친구들을 만난다

그 속에 시의 향기가 묻어 나온다

– 「시」 전문

시란 새 소리와 계곡의 물소리, 숲속의 숨은 향기 바람 소리가 합해져 된 것임을 노래하고 있다. 시는 "어둠 속에서 불빛을 기다"리는 심정으로 기다려야 다가오고, "내 일상의 한가운데"에서 "수줍게 때로는 거만하게/ 기쁘게 슬프게 외롭게 아프게" 다가오기도 한다. 그리고 그것은 자연 속에서 승화되는 것임을 보여주고 있는 것이다.

이러한 시를 쓰기 위해 시인은 오늘도 "세상의 가장 낮은 곳으로/ 새로운 길을 떠"나고(「낙엽을 위하여」), "있는 자산을 마음껏 내주는/ 그 넉넉함"(「모과」)을 지니고자 한다. 따뜻하면서도 한 곳에 안주하지 않는, '햇살'과 '바람'을 통해 나오는 그의 시는 여전히 현재적 의미를 지닌다. 그의 시가 계속 기다려지는 것은 이 때문일 것이다.